서정시선

위선환 시집

서정시선

달아실

보조 용언과 합성 명사의 띄어쓰기 등 본문의 맞춤법은 시인의 의도에 따른 것임.

시를 사랑한 모든 이에게 이 시집을 바친다.

2023년 3월

위선환

차례

서정시선

1부

자갈밭

동강의 자갈밭에 비비새가 누워 있다

주둥이가 묻혔다 자갈돌 몇 개가 바짝 틈새기를 좁혀서 비비새의 부리를 물고 있다

꽉 다문 틈새기, 의 저 힘이

비비새 아래로 강물을 흐르게 했을 것이다 비비새를 강물 위로 날게 했을 것이다

흐르는 힘과 나는 힘이 오래 스치었고 스미어서

강 밑바닥을 훤히 비쳤고, 다음 날은 더 깊이 비비새를 비쳐서

강물 속에 날아가는 비비새가 보였고, 비비새가 씻기었고, 비비비, 강물이 지저귀기 시작했고

비비새의 창자 속으로 강울음소리 같은, 긴, 시푸른, 쓴,

죽음이 흘렀고

  지저귀다 목이 쉰 강의, 더는 울지 못하는 비비새의 혓
바닥 끝에다 독을 적셔 말렸고

  지금은 주검이 부리를 내밀어 완강하게 자갈돌 틈새기
를 물고 있다

새떼를 베끼다

새떼가 오가는 철이라고 쓴다 새떼 하나는 날아오고 새
떼 하나는 날아간다고, 거기가 공중이다, 라고 쓴다

두 새떼가 마주보고 날아서, 곧장 맞부닥뜨려서, 부리
를, 이마를, 가슴뼈를, 죽지를, 부딪친다고 쓴다

맞부딪친 새들끼리 관통해서 새가 새에게 뚫린다고 쓴다

새떼는 새떼끼리 관통한다고 쓴다 이미 뚫고 나갔다고,
날아가는 새떼끼리는 서로 돌아본다고 쓴다

새도 새떼도 고스란하다고, 구멍 난 새 한 마리 없고, 살
점 하나, 잔 뼈 한 조각, 날개깃 한 개, 떨어지지 않았다고
쓴다

공중에서는 새의 몸이 빈다고, 새떼도 큰 몸이 빈다고,
빈 몸들끼리 뚫렸다고, 그러므로 공중空中이다, 라고 쓴다

하늘

면도날을 사용한 듯, 머리 위 저 높이에서부터 지평선
저 너머까지
주욱 내리그은 칼금,
의
주욱 갈라진 틈새,
의
뒤쪽이 내다보이고…… 가맣다

며칠째 갠 날이다 아침에는 A4용지에 손끝을 베였다

허공은 날카롭다

춥고, 내다보니 바깥이 비어 있다
오직
새가 퍼덕이며 할퀴어대며 우짖는다
새의 바깥으로
날개깃이, 발톱이, 놀란 눈자위가, 소름 돋친 눈초리가,
핏물에 젖은 혀가, 부러진 부리가,
새가 물어 나른 하늘의 조각들이
떨어져 내린다

허공이 새를 찔렀다

새다

　비 내리고, 공중에 뜬 새가 새다 긴 눈빛과 날개가 새다 지상에 웅크린 작은 새가 새다 가는 발목에 빗방울이 맺히다 내가 새다 가슴 바닥에 물이 고이더니 먼저 종아리 뼈가 잠기다

　공중과 지상과 새와 나의 사이에 비 내리고, 떨어져 있는 것, 과 것, 들은 새다

대면

　나는 너를 보고 걸어가고 그제는 비가 내려서 네가 젖던 그, 것, 나는 젖으며 걸어가고 어제는 비가 개어서 네가 마르던 그, 것, 나는 마르며 걸어가고 오늘은 네 앞에 이르러서 너를 보고 서 있는 그, 것, 그동안 젖고 마르던 눈두덩과 눈두덩 아래가 허물어지기 시작하고 너는 나의, 나는 너의 눈두덩의 더 아래, 눈물의 훨씬 아래에다 두 손바닥을 받쳐 드는 그, 것, 여문 눈물의 알갱이 한 개씩을 받아 드는 그, 것,

울음빛

　남자가 운다. 남자는 오래 울고, 오래 우는 남자의 울음은 웅덩이로 고여서, 울음 고인 웅덩이에 들어앉아 울고 있는 남자가 훤하게 들여다보인다. 남자는 그치지 않고 울고, 울음 우는 남자의 등줄기가 다 잠기도록 남자의 울음빛이 깊다. 또는 울음 우는 남자의 목줄기가 다 씻기도록 남자의 울음빛은 맑다. 남자는 아직 울고, 남자가 울지 않는다면, 왜, 아무 까닭 없이, 저렇게, 가을이 깊어지고 맑아지겠는가.

돌을 집다

돌 하나를 집어서 손바닥 위에 올려놓았다 돌 하나 밑에 돌의 그림자 하나가 생겼다

돌의 그림자 하나는 얇다 돌 하나에 눌린 돌의 그림자 하나가 오목해지면서 오그라든다

오그라든 돌의 그림자 하나가 돌 하나를 감쌌다

돌 하나를 감싼 돌의 그림자 하나가 있고, 돌 하나의 그림자에 감싸인 돌 하나가 있고

돌과 그림자는 각각이고 돌 하나를 감싼 적막과 돌의 그림자 하나를 감싼 적막이 각각이다

돌과 그림자와 적막은 겹겹이고 적막은 몇 겹을 겹쳐도 투명하다

간극

돌멩이 한 개다
살펴보니
돌멩이와 밑바닥의 사이에 돌멩이의 그림자가 끼어 있
다 무릎 썻고, 꿇고, 숨죽이고
손 뻗쳐서
겨우
그림자를 빼냈다 그림자는 얇고, 그림자를 빼낸
얇은
간,
극,
위에, 가볍게
그림자는 없는 돌멩이가
얹혀 있다

물방울 1

  물그릇에 채워둔 물 안에서 물방울 한 개 자라고 있다.
아침마다 눈 비비고, 물 한 주먹 얹어서 두 눈 고루 씻고,
들여다본다.

물방울 2

 물 안에 들어 있는 물방울이 둥글다. 손 씻고, 집어서,
꺼내서, 손바닥에 얹는다. 손바닥에 얹혔고, 오래 지나도,
물방울은 둥글다.

얼음꽃

죽음이 지루했으므로 그는 뒤채며 몸에 감긴 수의를 벗었는데

살갗에 내비친 속살이 흰 것 하며, 옆구리와 오금에 드리운 살 그늘이 연한 것 하며, 사타구니와 손등에서 터럭이 자라는 것 하며, 손톱 발톱의 각질이 투명한 것 하며

눈감은 지 몇 해째인데 다 죽지 못한 안타까움까지

간절한 것 말고 몸이 휘도록 사무쳤던 것은

처음으로 그가 내 이름을 불렀기 때문이다

숙이고, 허리 꺾어 바짝 귀 대고…… 그러나

들리는 것은 이빨 자라는 소리, 뿐이다 차고 단단하고 잇몸이 얼어붙는

이빨 끝이 시린, 이 고요

깊이

쓸고 나니 마당이 환하다. 지는 잎이 조용히 내려앉는다. 땅바닥에 잎의 자국이 찍힌다. 나란히, 나의 발자국도 찍혀 있다. 발자국은 쿵, 전신의 무게로 찍혔다. 잎 자국은 가볍게, 오직 낙하의 무게만으로 찍혔다. 잘 보인다. 잎 자국이 더 깊다.

모퉁이

　모퉁이는 쓸쓸하다. 모퉁이를 돌아가는 사람이 쓸쓸하고, 모퉁이를 돌아가는 사람을 바라보는 사람이 쓸쓸하고, 어느 날은 모퉁이를 돌아가는 내가 쓸쓸하다. 아침부터 걸었고, 날 저물었고, 깜깜해졌고, 진종일 모퉁이에 부딪친 나의 모퉁이 쪽은 모퉁이가 드나들게 파였는데, 나는 아직 모퉁이를 돌아가고 있다. 나의 모퉁이 쪽은 갈수록 파이고, 나는 자꾸 모퉁이 쪽으로 꺾이고, 어디쯤인지, 언제쯤일지, 모퉁이는 끝 간 데 없고……

월식

월식에, 여자의 얼굴을 먹었다. 먹다가 남긴, 여자는 이목구비가 없다. 눈썹만 남은 여자, 오래 기다려서 눈썹이 흰 여자, 달이 뜨는 어림에다 눈썹을 매달아둔 여자, 의 흰 눈썹이 눈썹달로, 조각달로, 반달로, 온달로, 둥실 떠오른 만월로, 환한 달빛으로, 빛 밝은 달밤으로 진화했고, 처음부터 달밤은 추웠고, 달빛이 얼어붙었고······ 달빛 깔린 땅바닥에 서 있어서 발바닥이 언 남자가 얼음 든 검지를 세워서, 가리킨다.

폭설

몸 속에 뼈가시를 키우는 물고기가 자라나는 뼈가시에
속살이 찔리는 첫째 풍경 속에서는

몸 속에 두 귀를 묻은 물고기의 몸 속보다 깊은 적막을,
적막하므로 무한한 그 깊이를

누가 이름 지어 불렀다 대답하는 목소리가 떨렸다

눈 뜨고 처음 내다본 앞바다에 희끗희끗 눈발이 날리는
둘째 풍경 속에서는

야윈 손이 반음씩 낮은 음을 짚어가는 저물 무렵에 어
둑하게 어스름이 깔리는 음조를

새들은 어둔 하늘로 날고 살 속에서 신열을 앓는 뼈가
사뭇 떠는 오한을

누가 이름 지어 불렀다 대답하는 목소리가 떨렸다

잠깐씩 돌아본 들판에 돌아볼 때마다 눈발이 굵어지는 셋째 풍경 속에서는

눈꺼풀에 점점이 점 찍힌 점무늬 아래로 한없이 떨어져 내리는 반점들의 하염없는 나부낌을

아득하게 깊어진 눈구멍 속에서 속 날개를 털며 자잘하게 날갯짓도 하는 설렘을

누가 이름 지어 불렀다 대답하는 목소리가 떨렸다

물굽이와 들판과 나를 덮고 묻는 눈발이 자욱하게 쏟아지는 마지막 풍경 속에서는

천 마리씩 떨어지는 여러 무리 새떼들이 바짝 마른 가슴팍을 땅바닥에 부딪치며 몸 부수는 저것이

폭설인 것을

내리 꽂고 또는 치솟는 만 마리 물고기들은 물고기들끼
리 부딪쳐서 산산조각 나는 것 또한

폭설인 것을

따로 이름 지어 부르지 않았다 깜깜하게 쏟아지는 눈발
속에서, 누구인가 그가

내 이름을 불렀다 대답하는 목소리가 떨렸다

가면

칼끝이었을, 함부로 짓찍은 흉터가 있다. 정수리에서 이마를 거쳐 턱 아래까지 얼굴을 붙여 때운 흠집이 있다. 화장기라고는 없는 맨낯이다. 보譜에는 없는 것이라고, 울화가 치밀 때나 분하고 성났을 때에 치고 박고 걷어차고 짓밟기도 하는, 험한 용도로 쓰던 것이라 했다. 화풀이면이라니! 오동나무를 깎아서 만든 가면 한 개를 샀다 못 쳐서 걸어둔 지 하루가 지났는데 낌새가 느껴져서 쳐다보니 길게 째진 눈구멍으로 하얀 빛이 지나간다.

속도가 허물을 벗는다

신열이라고, 증상으로 뼈와 살의 틈이 바짝 말라 벌어졌고 맞물려 있던 몸의 마디들이 헐거워졌다, 라고 말한다

몸이 헐거워진 다음에는 몸집과 몸뚱이가 따로 놀 것이다, 허물 벗는 철이 온다, 라고 말하고

어느 날은, 모난 뱀의 주둥이가 맨 먼저 제 허물을 찢고 주둥이 밖으로 튀어나오듯

말라붙은 나의 이마와 광대뼈와 턱뼈가 맨머리를 찢고 튀어나올 것이다, 라고 말한다

기며 길들며 매끄럽게 닳은 뱀의 속도가 제 전신을 전 길이로 통과하듯, 그렇게 뱀은 허물을 벗듯

나의 몸집으로도

멍들며 옹이 박히며 완고하게 길든 한 생生의 속도가 제 몸뚱이를 밀며 기다랗게 통과하는 것이다, 라고 말하고

속도가 꼬리를 **빼며 빠**져나간 마지막 날에는 비늘 몇
점도 떨어져 있는 근처의 바닥을 더듬어보라고

　속 빈, 푹 꺼진, 허물 한 벌이 거기에 누워 있을 것이다,
라고 말한다

자국

높은 나무가 운동장 가에 서 있다 해가 기울면 하늘이 낮아지고 낮은 하늘은 우듬지 끝에 닿는다 긁는 소리가 난다

어제부터는 날씨가 더욱 맵차고 하루해가 더욱 급하게 기울면서 하늘은 더욱 낮아져서 여러 번 우듬지 끝에 닿았고

늙, 늙, 긁는 소리가 났다 어느새 해는 지고 없는 겨울 저녁의 벌써 얼어붙은 하늘바닥에 긁힌 자국이 여럿 나 있다

2부

아침에

　당신이 보고 있는 강물 빛과 당신의 눈빛 사이를 무어라 이름 지을 것인가

　시간의 저 끝에 있는 당신과 이 끝에 있는 나의 사이는 어떻게 이름 부를 것인가

　고요에다 발을 딛는 때가 있다 고요에다 손을 짚는 때가 있다

　머뭇거리며 딛는 고요와 수그리고 짚는 고요 사이로 온몸을 디밀었으니

　내 몸에 어리는 햇살의 무늬를 어떤 착한 말로 읽어야 할 것인가

　나뭇잎과 나뭇잎의 그림자는 나뭇잎이 나뭇잎의 그림자가 되는 사이라 읽으니

　한 나무는 다른 나무쪽으로 가지를 뻗고 다른 나무는 한 나무쪽으로 가지를 뻗어서

　두 나무는 나무끼리 서로 어깨를 짚어주는 사이라 읽으니

창

　먼 하늘에 뻗어 있는 나뭇가지가 이쪽 공중에 비쳐 보이는 하루입니다

　이쪽 공중에 비쳐 보이는 나뭇가지는 비었고 먼 하늘에 뻗어 있는 나뭇가지에는 덜 익은 열매가 달려 있습니다

　나는 손을 뻗습니다 먼 하늘에 달려 있는, 아직 익고 있는 열매를 옮겨서

　이쪽 공중에 비친 나뭇가지에 매답니다

　비로소 이쪽 공중에 뻗어 있는 나뭇가지가 먼 하늘에 비쳐 보이는 하루입니다

　문득, 모르는 새 한 마리가 이쪽 공중에서 먼 하늘로 이쪽 나뭇가지에서 먼 나뭇가지로 옮겨 앉습니다

　이쪽 공중에서 다 익은 열매가 지금, 먼 하늘에서 떨어지고 있습니다

휨

나무가 팔을 구부려
아래로 지나가는 사람의 어깨를 짚어줄 때에

더듬대며 걷다가 멎어 선 사람이 어두워지고
나무는 길을 비추며 등불을 들고 올 때에

가지는 휜다

별빛이 새벽까지 얹혀 있거나
이슬이 방울져 매달리거나, 매달린
열매가 단단해졌거나, 바람의 가랑이가 걸렸거나,
하늘이 살집 좋은 엉덩이를 깔며 걸터앉거나, 또는
제 혼불을 입에 문 다리 긴 거미가
줄을 타고 내리거나,
하는
가지가 휘는 일들이
없겠는가,
마는

그런 일도 다른 일도 아니고

오래 전에 휜 한 가지가
저런,
다 삭은 제 허리께를 휘청, 했다 해서 자칫
꺾일 뻔했다, 나무랄 일 아니다

박새처럼
작고 발목이 가는 새가 날아와, 방금
높은 가지에
내려앉은 때처럼

두근거리다

첫째 날, 종달새는 내 발등을 밟았다 무릎을 가슴팍을 이마를, 끝내는 정수리를 밟더니 날아올랐다

종달새는 내려오지 않았다 둘째 날도 위로만 날아올랐다 날갯짓에 털린 빛 부스러기들이 떨어져 내렸다

셋째 날, 종달새는 구름층을 지났다 검은 구름과 흰 구름의 틈새에 잠깐 날개가 끼였다

넷째 날, 종달새는 뱃바닥에 찍힌 검정색 줄무늬와 줄무늬 아래에다 움켜쥔 까만 발가락 마디들만 보였다 거기를 공중이라 했다 다섯째 날, 종달새는 허옇게 센 속눈썹 털 몇 낱과 흰 눈빛만 보였다 거기를 하늘이라 했다 여섯째 날, 종달새는 점만 찍혀 있었다 거기를 하늘 밖이라 했다

일곱째 날, 종달새는 보이지 않았다 배나무 가지에서 물 흐르는 소리가 났다 이 가지에서 저 가지로 강이 흘러갔다 배밭에 일제히 배꽃이 피었다

장마철이 왔다 풋배를 매단 가지들은 우레가 지나가는 순서대로 비를 맞았다 흘러내린 빗물이 발등을 적셨다

가을이 가고, 떨어진 잎들을 긁어모아 드러난 뿌리를 덮어주는 손이 보였다

내일은 추울 것이다 배나무 뿌리와 가지와 가지에 얹힌 강줄기도 얼고 종달새는 하늘 밖에서 얼 것이다

한 번 더 쳐다보았다

차고 어둑한 머리 위에, 구름층에, 공중에, 하늘에, 하늘 밖까지, 빛기둥이 섰다 빛기둥이 받치고 선 아뜩한 높이가 보였다 그때에

두근거리는 소리가 들렸다 두근거리는 것이다! 두근두근거리는 아뜩한 높이를 두근두근거리며 쳐다보았다

스미다

　밤이었고, 당신의 창 밖에도 비가 내렸다면, 그 밤에 걸어서 들판을 건너온 새를 말해도 되겠다

　새는 젖었고 비는 줄곧 내려서 빗발이 새의 몸 속으로 스미던 일을

　깊은 밤에는

　새를 뒤따라온 들판이 주춤주춤 골목 어귀로 스미던 일을

　말할 차례겠다 골목 모퉁이 가등 불빛 아래로 절름거리며 걸어오던 새에 대하여

　새 언저리에다 빛의 발을 치던 빗발과 새 안으로 스미던 불빛에 대하여

　웅크렸고 소름 돋았고 가는 뼈가 내비치던 새의 목숨에 대하여도, 또는

　새 안에 고이던 빗소리며 고여서 새 밖으로 넘치던 빗물과

　그때에 전신을 떨며 울던 새 울음소리에 대하여도

　말해야겠다 그 밤에 새가 자주 넘어지며 어떻게 걸어서 당신의 추녀 밑에 누웠는가를

불 켜들고 내다봤을 때는

겨우 비 젖지 않은 추녀 밑 맨바닥에 새가 스민 자국만

축축하게 젖어 있던 일을,

새소리

창 밖에, 나뭇가지에
앉아서
주둥이를 들고 우는 새가 보인다
창 안에, 탁자
위에
유리컵이 놓여 있다

창유리는 밝고
새와, 새소리와, 새소리가 울리는 공중과, 새소리는 못
가 닿는
저어
하늘까지

투명하다

하늘은 조용하고, 조용한 하늘이
새소리 울리는 공중으로 번졌고, 공중이 조용해졌고
조용한 공중은
번져서
나뭇가지로, 나뭇가지에 앉아서 우는 새에게

닿았고
뚝, 울기를 그친 새가 고개를 돌리더니
조용히
나를
보았고

내가 조용해졌고

조용하므로 투명한
것이
창유리를 투과했다고
팅,
유리컵이 울렸다고

가슴 바닥이
문득
차갑다고

찬 물 방울 하나 떨어진 것이다,
라고

번짐

먹물 방울 떨어뜨려놓고 눈 꼭 감고 백지에 먹물 번지는 소리를 듣는 이른 아침에 아침 안개가 풀리는 여백에는 첫 빛이 닿은 아침부터

너와 내가

그사이에 살이 묽어지며 묽은 살이 묽은 살에 섞이며 온몸이 고루 묽어지는 저녁까지 살 속으로 어스름 내리며 어스름 속으로 어둠이 내리며 물 젖는 듯 번지는 저녁에

너와 내가

너는 나의 어깨에 나는 너의 어깨에 손 얹고 너와 나의 어깨 너머를 넘겨다보는 너의 어깨 너머에는 별이 떴는지 나의 어깨 너머는 아직 캄캄한지 너도 나도 말 없는

너와 내가

마주 서서 너는 나를 나는 너를 소리 내지 않고 이름 부

르는 너와 나 사이에 부르고 대답하는 목소리가 소리 없이 번지는 때에

너와 나의

꼭 감은 눈시울 밖으로 자라나는 꼭 감긴 눈시울 그늘인 것 닳고 벌어진 손톱 밑에서 자라나는 닳고 벌어진 손톱 그림자인 것

그 뒤에

1

창틈으로 새어든 햇살이 여자의 머리칼을 비쳤다
손 내밀어
여자의 빛을 만진다
맑다

2

안개 속에서
젖은 손가락이 맑았다
안개는 걷혔고
아직
목덜미가 맑은 것은,

메아리는 사라졌고
메아리의
사라지고 없는 무게를 받쳐 든 손이

또
맑은 것은,

3

물의 결, 물의 무늬, 물의 빛깔, 물의 입자, 물의 단위는
맑다

물을 들여다보는 나와 나를 들여다보는 내가
하나로 겹친
한 겹이
물의
표면이다

채찍을 휘둘러서 때렸고, 소리가 날 때까지
물은 정점을 밀어 올렸다
맑다

4

저녁이 와서 들녘 끝에다 등불을 켜 건 날의
밤에
별 하나와 다른 별 하나가 마주 빛났고
새벽에는
두 별이 지평으로 내려왔다
맑다

5

꿇고 엎드리며 눌러서
흙바닥에
나를 찍었다
두 무르팍의 자국과 두 손바닥의 자국과
이마 자국과 흙 묻은 이마가 모두
맑다

6

흰 나비의, 낱개로 흩어져 있는 흰 날개를 비추는 햇살
은 희고
나는
맑은,

설렘

설렘이다, 안개 속에 맺힌 이슬방울 수만 개는 몇 수만 빛깔이 결정結晶한 것인가 반짝거린다

설렘이다, 남자의 가슴에다 가슴을 대고 잔 여자가 오래된 그림자를 끌며 지평으로 걸어가는

설렘이다, 낮은 하늘은 둥글게 굽었고 햇무리가 둥글해진 아래에서 무지개가 둥글게 휘는

설렘이다, 남자가 던진 돌은 강 건너에 닿았는지 여자는 물 위를 걸어서 강을 건넜는지 묻는

설렘이다, 가지들이 가지에다 가지를 걸친 아래에 높은 수풀 위로 은하의 물소리가 흘러가는

설렘이다, 남자는 여자를 소리쳐 부르고 되울리는 낮은 목소리에 목소리를 낮추어서 되부르는

설렘이다, 잎사귀 피고 열매 맺히고 씨앗이 단단해진 이

틈날에 열매 익는 높이가 손에 닿는

　설렘이다, 저문 날에 빛 속으로 사라지는 것들의 수런
거림을 남자가 어두워지며 혼자 듣는,

하늘의 그늘

나뭇잎이 밟히고 발 아래 바닥에 나뭇잎 문양이 눌린 때에

나무 아래에 나무 그림자와 겹쳐 찍힌 내 그림자가 두껍다

나무 그늘의 아래에는 나무 그늘의 그림자가 어두운 즈음에

머리 위에 떠 있는 구름의 아래에는 구름의 그림자가 희다

하늘 아래에 공중에는 어슬하게 하늘의 그늘이 깔려 있는,

안개

눈이 검고 꽁지가 희다. 손바닥 펴 들자 새가 한 마리 날아와 앉는다. 작다. 부리와 눈자위와 등덜미가 젖었다. 발가락은 방금 젖는다. 내 발가락과 발바닥도 젖는다. 발가락이 젖어서 돌아가고 싶어 했던, 발바닥이 다 젖으면 돌아가기로 작정했던, 어제 떠나서 걸어온 길을 아직 못 찾는다. 안개 속에서, 기울이고, 허리 꺾어 숙이고, 저 아래로 흘러가는 물소리를 듣는다. 아득하다. 어디서부터인지, 언제까지인지, 사람들은 남한강에서 길을 잃는다. 손바닥에 새가 잠들어 있다.

물비늘

물고기를 안아서 길렀다 은빛 비늘이 등을 덮었고 눈자위가 흰 놈이다

한밤에도 뜨고 자는 눈 가장자리에 눈썹 털이 자라는 백 년이 지나갔고

다음 해부터 헤아려서 백 년을 더 기다린 다음에는 그다음 해가 와서

깊은 바다의 깊은 바닥에 자리한 물고기의 집에도 비늘이 돋는 때에는

물고기의 집이 검푸르고 길게 숨 죽여야 들여다보이는 해구海溝이므로

물이 흐르며 꿈틀대고 뒤치는 때마다 갓 돋는 새 비늘들이 번뜩이는데

물에 비늘이 돋는 소리는 백 년이 여러 번 지나가는 소

리보다 조용해서

　또 백 년이 길게 지나가도록 귀를 갖다 대어도 사람은
못 듣는 것인지

　물비늘 몇 개 집어서 들고 만지작거리는 해에 손바닥에
비늘이 돋는,

예감

이 끝에서 저 끝이 멀다 기러기도 내려앉아 주둥이를
문지르고 가는 백리百里들이다

검은 얼굴에 광대뼈가 붉어지고 수염은 센 사람이 느리
게 걸어서 건너가고 있다

땡볕 한 조각이 땡볕 그림자 한 조각을 끌고 뒤따라간
다

이 끝에 서 있는 회화나무는 기울었고 가지를 저기로
거기로 뻗치었고

회리를 틀며 감긴 나이테는 수백 년이나 휘감았다

나무의 나이테를 베고 누워서 이리로 저리로 흩어지는
구름을 바라보는 나는

눈자위에 바람이 휘도는, 동공에는 바람의 회리가 새겨
져 있는, 천년의 유적이다

누가 내 동공에다 정을 대고 쪼아서 오래 전에 먼 눈빛을 캐고 있다

　내일은 이 끝이 맑아져서 들녘 저 끝에 닿은 사람이 돌아서더니, 바라보겠다

여자와 물그릇이 있는 풍경

여자가 손가락을 만지더니 금색 반지를 뺐다 여자의 손가락에 금빛 햇살 오라기가 감겨 있다

〈잎은 지고 없는 나뭇가지다 넓은 잎사귀에 빗방울 듣는 소리가 난다〉

벗은 발로 걸어온 여자의 발바닥이 흙투성이다 땅바닥에 찍힌 여자의 발자국에 흙이 묻었다

〈찬물 담아서 물그릇을 놓던 자리다 물그릇의 물빛 윤곽이 남아 있다〉

이마는 희고 이맛살이 파인 여자는 눈자위에 실핏줄이 말라붙었다 속눈썹이 젖고 지금 운다

〈동풍이 지나가고 젖은 구름이 걷힌 뒤다 갠 하늘에서 물냄새가 난다〉

목 길고 허리는 가는 여자의 그림자 안으로 눈은 크고

어깨는 좁은 여자가 들어가서 눕는다

〈물방울 여럿이 수면에 얹혔다 무거운 몇 개는 수면 아
래에 잠겨 있다〉

여자가 여기에 서서 건너다본 물 건너편에 어제 죽은
여자가 서서 여기를 건너다보고 있다

수평을 가리키다

　　새벽별과 새벽과 아침이 젖었다 새벽별과 새벽과 아침을 고루 적신 이슬점과, 나, 수평이다

　　다시 만난 것들과 날개가 꺾인 것들과 또 아픈 것들과 아직도 나는 것들과, 나, 수평이다

　　폐선이 묻힌 개펄과 돌들이 넘어진 폐허와 하늬바람이 눕는 빈 들과, 나, 수평이다

　　날빛 뒤로 스러지는 놀과 놀 뒤에서 어두워지는 하늘과 먼 데에 돋는 불빛과, 나, 수평이다

　　나뭇잎이 지는 날씨와 하루가 수척한 것과 마지막에 빛나며 사라지는 것과, 나, 수평이다

　　나비가 날개 무늬를 찍어둔 하늘과 풀벌레들의 울음소리가 닿는 높이와, 나, 수평이다

　　땅 아래에 잠든 짐승의 곤한 체위와 땅을 누르고 있는

고요의 무게와, 나, 수평이다

　구름 덮인 들판을 걸어가는 흰 소의 큰 눈과 길게 우는 울음과 천둥과, 나, 수평이다

　손금에 흐르는 물소리와 움켜쥔 물의 결과 물고기들이 돌아오는 물의 길과, 나, 수평이다

　돌아와서 당신 곁에 눕는 나의 회유, 이미 누운 당신과 이제 눕는 나와, 우리, 수평이다

포물선

돌맹이를 팽개치고 주먹이 가벼워진 만큼 날아가는 돌맹이도 가벼운 것을

주먹 안이 빈 만큼 더욱 가벼워지는 것을 몰랐다

돌맹이가 날아가는 궤적이 길게 둥그렇게 멀리로 뻗는 것을 보고

얼마나 크고 긴 호弧를 그리는가, 어떻게 먼 어디까지가 닿는가, 만을 가늠했다

가벼워진 돌맹이가 떨어져 땅바닥에 얹혔다가 땅 아래로 스미는 일이

더 아래로 스미어 땅 속 깊이 파묻히는 일이 까마득하게 모를 일인 것을

어림하지 못했다

돌멩이 한 개 팔매질하고 몇 해가 지나도록

돌멩이 떨어지는 소리를 못 듣는 이유다

첫눈

하늘 쪽에서 누가 기침을 했다. 쳐다보고, 옷깃 여미고, 두 손을 가지런히 펴서 몸 밖에 내놓았다. 내려다보는 사람의 눈빛이, 눈까풀에 돋은 실핏줄이, 속눈썹 밑에 드리운 눈썹털의 그림자가 보였다. 거뭇거뭇 눈 아래가 어두워진 다음에는 캄캄해진 말씨로 더듬대며 죽음 뒤를 미리 말하는 쉰 목소리가 들렸다. 나는 손이 식었고, 몸이 떨렸고, 전신을 떨었고, 떨면서 날리면서 가뭇가뭇 내려와서 손바닥에 앉는, 그해에는 첫눈이 하루 미리 내렸다.

3부

돌팔매

팔매친 돌멩이가 나를 뚫고 떨어지던, 팽개친 돌멩이는 등짝을 때리며 떨어지던

그때는 나의 안팎에 돌멩이들이 나뒹굴었다

어떤 돌멩이는 머리 위를 날았다 곧게 궤적을 그으며 멀리로, 더 멀리로, 까마득해졌고

나는 자면서도 눈 뜨고 돌이 나는 소리를 들었다

이래로,

1월이 가고 2월이 가고 3월이 가고 4월이 또 가는 불안을

등짝 다붙이고 사지는 뻗치고 반듯하게 누워서 두 눈 부릅뜨고

견딘다

머리 위 하늘에, 손에 닿을 듯, 딱, 돌멩이 한 개 박혀 있다

벼랑끝

걸어가고 있는데 벼랑 끝에서 길이 끊긴다 벼랑 밖으로 한 발을 내딛는 이유다 무심코 내딛고는 엉겁결에 내처 걷고…… 걸어가고 있는데 거기쯤에서 허공이 잘린다 허공 밖으로 한 발을 내딛는 이유다 아스라한 벼랑 끝이나 문득 잘린 허공 끝에서 영문 모르고 사람들은 발을 내딛는다

허공

백지에다 긋는 밑줄 위는, 허공이다, 송곳니에 악물린 틈새기, 허공이다, 꾹 감고 견디는 깜깜한 눈구멍 속으로 나비 한 마리 팔락거리며 날아가는, 허공이다, 숙이고 걸으며 주머니 속에 그러쥔 빈 주먹, 허공이다, 오랫동안 간절하더니 한동안은 그윽하더니 잠깐 동안은 글썽하더니 눈물 자국만 남은, 허공이다, 씻어서 말린 이목구비에다 분가루 덧칠해서 눌러놓은, 분 냄새나는 새하얀 낯바닥, 허공이다.

실루엣

  날개를 반듯하게 편 검독수리가 공중에 떠 있다. 검독
수리는 눈빛이 하얗고, 검독수리가 눈빛이 하얘져서 내려
다보고 있는 저어 아래 땅바닥에는 반듯하게 날개를 편
검독수리의 그림자가 찍혀 있다. 검독수리의 그림자는 그
림자이므로 검게만 찍힌 오직 검은 그림자이고, 오직 검
은 그림자의 바로 아래 바닥에는 오직 검은 그림자의 그
림자이므로 또한 검은 그림자가 찍혀 있다. 오직 검은 그
림자와 또한 검은 그림자를 차례로 들추고 들여다본 가
장 아래는 캄캄한데, 캄캄한 가장 아래에서 문득 하얀 빛
이 움직인다. 검독수리의, 눈빛이 하얀 그림자 하나는 가
장 아래 어둠 속에 묻혀 있는 것이다.

동지

하늘에 희끗희끗 눈이 묻었다. 들판에, 지푸라기에, 내
가 찍은 발자국에, 눈이 묻었다. 흙바닥을 쓸고 간 바람의
자국에, 바람에 불리어 떠오르는 새의 날개깃에, 눈자위
에, 부리에, 발톱에도, 눈이 묻었다. 마른 눈발 날리는 들
가운데로 걸어가서 고개 젖히고 쳐다보면 보인다. 해와
달의 사이에 눈 묻은 새가 떠 있다.

햇살

여름에는 비가 내려서 목덜미와 등골에 물도랑이 생겼다

비 개고 도랑물 마르고 가을이 오고 마룻장이 식어서 뻗치고 누우면 사지가 서늘하다

툭, 툭, 한두 잎씩 내 안으로 떨어지는 나뭇잎들 주워서 몸 밖에 버린다

햇살 내리고 마당 가득 깔리고 아까부터 혼자 땅바닥을 뒹굴며 닳는 돌멩이 한 개

저 작고 단단한 것을 집을 수 있겠는지

집어 들어 손바닥에 얹거나 잠깐 동안은 만지작거려도, 가만히 쥐어보아도 되겠는지

두 손바닥 펴서 덮어주면 나도 작아져서 두 눈 꼭 감고 한숨만 잠들 수 있겠는지

등허리가 차다

목어 1

나무토막이지만, 껍질 벗기고 아랫배를 열어서 속살을 죄다 파낸 다음이니, 거죽도 속도 없이 그저 빈 것을 구태여 나무토막이네, 아니네, 할 것 없다

깎아서 주둥이와 눈깔과 지느러미와 비늘을 새기고, 푸르고 붉게 색을 입힌 것이니, 물고기라 이름 지어 부른다 해서 꼬리지느러미를 흔들며 쫓아오겠는가

머리털을 죄다 밀어서 사람의 제 모습이 아니라고는 하지만, 정수리가 훤하게 열린 중이 막대를 움켜쥐고 찌른 것이니

비로소

나무토막도 물고기도 아닌 그것의 횅하게 빈 아랫배가 아래로부터 찔리면서

당장에, 막대에 찔리는 허공이 되는 것이다

딱,

막대 끝이 허공의 안벽에 부딪치는 소리,

허공도

딱,

딱,

하,

게,

말랐구나

목어 2

어떤 물고기는 바싹 말려서 공중에 매달고 때리는가 은
빛 비늘들 부서져 점점이 흩어진다 너왓장 들추듯 들추고
들여다본 강바닥에서 나무고기 한 마리 튀어 올랐다 떨어
졌다 한다

저 강은 때리지 않아도 퍼렇지만 지금이라도 장대를 들
어서 후려치면 물줄기를 구부리며 소리치지 않겠는가 부
리 긴 새가 긴 부리를 치켜들고 하늘바닥을 쫄 때에 하늘
이라 해서 울리지 않겠는가

한때는 움켜쥔 주먹으로 갈빗대 사이가 파인 내 옆구리
를 때렸다

한 장인이 사다리를 딛고 올라가서 허공의 이쪽과 저쪽
을 잡아당겨 둥근 통桶에 씌우고 가죽 끈으로 죄어 큰 북
한 채를 만든 다음에 굵은 밧줄을 걸고 잡아매어 매달아
두었다면

굳이 무거운 북채를 휘둘러 때린다 해도 그저 헛수고일

뿐, 적막하거나 기대고 오래 서 있을 때에 또는 울컥 눈물
고여 쳐다볼 때에 허공이 저렇게 저절로 운다

지평선

삽시간이었다

한 사람이 긴 팔을 내려 덥석 내 발목을 움켜쥐더니 거꾸로 치켜들고는 털털 털었다

부러진 뼈 토막들이며 해묵은 살점과 주름살들이며 울컥 되넘어오는 욕지기까지를 깡그리 내쏟았다

센 털 몇 올과 차고 작은 눈물방울도 마저 털고 나서는

그나마 남은 가죽을 맨바닥에 펼쳐 깔더니 쿵, 키 높은 탑신을 들어다 눌러놓았다

그렇게 판판해지고 이렇게 깔려 있는데

뿐인가,

하늘이 살몸을 포개고는 한없이 깊숙하게 눌러대는 지경이다

〈탑머리에 걸려 있던 하늘의 가랑이를 그 사람이 시침 떼고 함께 눌러둔 것〉

잔뜩 힘쓰며 깔려 죽는 노릇이지만

이건,

죽을 만큼 황홀한 장엄莊嚴이 아닌가

사지에 구름이 피고 이마 맡에 별이 뜬다

갈밭

누가 땅 밑에 누워 있다 땅을 베고 누우면 목덜미가 누구의 무릎뼈에 얹힌다

새떼의 아래를 바람이 스쳐간다 새들은 가슴뼈가 드러났고 날개깃이 부러졌다

내 안에 든 내가 야위더니 살은 마르고 뼈다귀들은 흔들린다 몇 개는 넘어진다

갈대는 서걱대고 비틀리고 꺾이어 누운 것들이다 들판에서 갈꽃들이 날아올랐다

갈꽃 날아가는 하늘 아래를 걸어서 가며 밭은기침을 한다 새가 따라오며 운다

의식의 마른 자갈밭을 종일 걸은 자, 의 휑, 뚫린 눈구멍에서 바람 소리가 난다

새는 사라졌고, 어느새 저무는 하늘이 멀다 갈밭 너머에서 빛나는 물빛을 본다

우화羽化

늪 귀퉁이 물풀밭이다 잠자리 유충의 뒷등이 갈라지더
니 반구형 겹눈과 뾰족한 턱이 빠져나왔다 다음에는 연한
풀빛 가슴과 가는 다리 여럿이, 더 다음에는 구부린 꼬리
가 기다랗게 빠져나왔고

몸을 다 빼낸 잠자리, 한참이나 날개를 말려서 털고는
반짝이는 햇살 속으로 날아갔다

껍데기만 남았다 등이 벌어져 있다

사람도 어느 날은 등이 벌어진다 장지문을 열어놓고 누
구인가 빠져나간 듯, 그런 날은 문득 등 뒤가 쓸쓸하고 돌
아보지 않아도 벌써 적막하다 겹던 짐을 부렸다고, 오히려
홀가분하다고, 그이가 주섬주섬 옷가지들을 벗었을 때에

나에게는 잘 보였다

껍데기만 남았다 등이 벌어져 있다

물낯에

물속에서 버드나무가 자랐다 물 밖으로 내민 가지 끝에 구부리고 새가 앉아 있다

물낯 위로, 가지 끝에 앉아 있는 새와 물낯 아래로, 가지 끝에 비친 새가 대칭인

두 새가 목이 긴 한 새와 목이 긴 또 한 새로 마주 비치며 목이 길어지는 저간에

빗발 내리치고 물낯에 거품 일고 물안개가 피어오른 다음에는 순한 빛이 깔린다

물낯에서 밀리는 물 밀리는 소리는 물 밀리는 소리를 밀며 판판하고, 유리판 같다

위에서 비치는 한 새는 오래 내려다보고 아래에서 비치는 한 새는 오래 올려보고

두 새가 숙이고 긴 목을 길게 빼서 늘이더니 주둥이 끝이 주둥이 끝에 닿는다 툭,

한 잎

툭, 잎 떨어지는 소리 들리고 한 나무가 잎 떨어뜨린 가
지를 아래로 숙였고

굽힌 나무의 숙은 가지의 아래로 떨어져 내려가는 딱,
한 잎이 내려다보이고

떨어져 내려가는 딱, 한 잎의 더 아래를 느리게 지나가
는 한 사람이 보이고

사람이 지나가고 인적 끊겼고, 인적 없는 나무 아래는
빈 것이다, 말한 대로

굽은 한 나무의 빈 아래의 더 아래가 한없이 빈 저 아래
까지 한눈에 보이고

한없이 빈 저 아래로, 더 아래로 떨어져 내려가는 딱, 한
잎이 가뭇가뭇하고

삼한일三寒日

새 한 마리는 발가락 사이에 낀 얼음 조각을 쪼고 있다
새 한 마리는
언 땅에 깔린 냉기를 쪼고 있다

새 한 마리는 나뭇가지를 쪼고 있다 새 한 마리는
나뭇가지의 그림자를 쪼고 있다
겨우내
나뭇가지가 마르며 굳는
소리를,
나뭇가지에서 서릿발이 자라며 바스락대는 소리를
쪼고 있다

새 한 마리는 추운 무릎에 앉아 있다 꽁지깃에 눈이 묻
었다 새 한 마리는
가는 다리에 소름이 돋았다

새 한 마리는 늑골 아래에 숨어 있다 꺼내어 손바닥에
놓는다 잠깐만 울고 날아간다
새 한 마리는

또
손바닥에 앉는다 날아간 새 한 마리가 찍은 발자국 위
에
날아와서
앉는
새 한 마리의 발자국이 찍힌다

새 한 마리는 부리와 눈자위와 발가락이, 꽁지깃이 까
맣다
한밤에
금빛 날개를 저으며
아직,
날아간다

새 한 마리는 지친 날개를 펼쳐서 공중에 올려놓는다
공중이 된다
새 한 마리는
눈 뜨고
얼음 덮인 들판에 누워 있다

눈빛이 희다

새 한 마리는 보이지 않는다 몇 해째 하늘의 어디를 날
고 있다

수장水葬

산에는 산의 맥이 꽉 찼고, 들에는 들판이 찼다 빈 땅이라곤 없었다 산에나 들에는 그래서 못 묻고 물속에라도 묻기로 했다 안아 들고 들어가서 바닥 골라 누이고 바윗돌 한 덩이 매달아놓았다 물속은 과연 조용하고 죽은 몸뚱이야 숨을 비운 뒤이므로 물을 잠재우는 일이 순서였다

일을 마치고 나니 하루가 조용하다 산그늘이 눕고 들녘이 저무는 때에 이르러 내 안이 깊고 서늘하다 물이 조용히 흘러들어 고이고 차오르더니 어느새 내가 깜빡 잠겼고 지금은 바닥 모르게 가라앉는 중이다 다 잠긴 뒤로도 한참이나 더 가라앉는, 늘 내 키 보다 깊은 깊이가 있다

비명碑銘

발바닥에 묻은 먼지를 턴다 발등에는 마른 털이 누웠고 무릎에 받쳐둔 긴 뼈는 휘었다

아직 걷고 있는 사람은 오래 걸을 것이다 며칠이 저물 도록 느리게 걸어서 어둑한 들녘을 지나간 다음에는 어느 덧 종적이 깜깜할 것이다

올해에 죽은 사람이 있다 한 사람은 소식이 끊겼다 없 는 이의 안부를 묻는 사람이 있다

나는 남아서 어금니와 손톱을 씻는다 돌이킬 수 없는 한때였다 종잇장인 듯 바삭대는 손바닥과 부러질 듯 야윈 손가락 몇 개를 여러 해째 움켜쥐고 있다

찬 비 내리고

흙 덮어서 재워둔 여자의 얼굴이 젖는다

누구의 죄도 아니다 가을이 며칠밖에 남지 않았으므로 어디나, 땅 아래에도 비는 내린다

가슴을 때리다

바위에 이마 대고 오래 울다 간 사람이 있다 바위가 젖어 있다

바람에 등 기대고 등 뒤가 허물어지는 소리를 들은 사람이 있다

등판에 바람무늬가, 등덜미에는 바람의 잇자국이 찍힌 사람 있다

무릎걸음으로 걸어서 닳은 사람 있다 물 위에 꿇은 사람이 있다

두 손 포개어 짚고 엎디어 이마를 댔던 자국이 물낯에 우묵하다

바짝 마주 대고 마구 누구를 때렸던가, 움켜쥔 주먹이 멍들었다

일박一泊

사내가 바다를 짊어지고 돌아왔다 다시는 바다를 내려 놓지 못하리라 창틈으로 새어든 햇살이 사내의 그을린 손 등과 들어 올린 술잔을 비추고 있다 유리창 밖 바다는 가 슴 높이로 차오르고, 저 바다를 넘어가면 먼 바다가 있는 것을, 먼 바다 너머에는 더 먼 바다가 있는 것을, 가장 먼 바다를 건너온 날개 큰 새가 길고 느린 그림자를 끌며 머 리 위로 지나가고, 그때에 쳐다본 새의 눈빛이 붉게 빛났 듯이, 발톱과 부리 끝이 반짝였듯이, 새에게 끌려온 어둠 이 바다를 덮고 어둔 바다가 잠들 채비를 하듯이, 나도 바 다를 끌어 덮고 누우려 한다

물 건너 수평에 불빛 두엇 켜지고 물비린내 물큰하고

바다가 곤한 눈을 뜨고 있다 소주 부어 손 씻고 싶다

새의 잠은 어둡다

광덕산 아래에 머문다 며칠째 등 뒤가 비고 어둠이 내리고 나는 돌아보지 않는다

눈 감고

공중에서 새가 걸어 내려오는 기척을, 머리 위 어디쯤에서 나뭇가지로 건너간 새가 나뭇가지 위를 종종걸음 치는 소리를 듣는다

거기가 길의 끝이므로

나뭇가지 끝까지 걸어간 새는 웅크리고, 우두커니, 나뭇가지 끝이 어두워지는 것을, 나뭇가지 끝보다 더욱 어둡게 제 몸이 어두워지는 것을 지켜보고 있다 등덜미와 날개깃과 뱃바닥이 어두워지고 부리와 발톱과 잔뼈들이 깜깜해지면서…… 새는 깜빡 잠들었고

나는 더듬어서 내 안 한쪽 구석에다 한 촉 밝기의 불을 켠다 조용하다 새의 잠은 곤할 것인가

다 어두워지도록 갈 곳을 정하지 못한 한 사람이 아까
부터 고개를 젖히고 서서

새는 어떤 높이에서 잠드는가를,

새가 잠들자 이내 허공이 되는 높이를 올려다보고 있다

화석

지층이 뚝, 잘려나간 해남반도 끝에다 귀 대면 느리게
길게 날개 젓는 소리가 들린다. 공룡 여러 마리가 해안에
깔린 너른 바위 바닥에 발목이 빠지면서 물 고인 바다 속
으로 걸어 들어가던, 그때는 새가 돌 속을 날았다.

다도해

많은 섬에 물떼새의 잦은 발자국이 찍혀 있다 부리 자국이 찍혀 있기도 한다

깨졌거나, 금 갔거나, 귀퉁이가 떨어져 나갔거나, 구멍이 뚫렸거나, 파먹히고 껍질만 남은 뭇 섬들을 죄다 추려서 버리고도

썰물에 써는 물을 따라가며 주워 담으면 금방 망태기가 차는

펄 바닥에 널린 꼬막들만큼이나 수많은 작고 여문 섬들이 흩어져 있다

큰사리 물에 떠내려간 몇 섬은 몇 해째 소식이 없고 두어 섬은 수평선 너머에 잠겨 있기도 하지만

이곳에 오면 밟히는 것이 모두 섬이다

4부

새의 길

새가 어떻게 날아오르는지 어떻게
눈 덮인 들녘을 건너가는지 놀빛 속으로
뚫고 들어가는지
짐작했겠지만
공중에서 거침이 없는 새는 오직 날 뿐 따로
길을 내지 않는다
엉뚱하게도
인적 끊긴 들길을 오래 걸은
눈자위가 마른 사람이 손가락을 세워서
저만치
공중에 걸려 있는
날개깃도 몇 개 떨어져 있는 새의 길을
가리켜 보이지만.

한로

마당을 쓸었다 한 접시이지만 햇볕은 모아서 거처의 중심에 둔다 겨울이 오고 나는 혼자 있을 것이다 살갗은 닳았고 살가죽은 종잇장 같다

얼비치는 뼈가 야위었다 너를 만나서 뼈를 내밀었고 네가 내민 뼈를 맨손으로 잡았다 너와 나의 뼈가 그리움 하나로 휘며 마르는 그동안에

네 등에 파인 뼈와 뼈의 사잇골에다 몇 차례 손을 묻었다 그중에서 한 손이 비늘 돋은 슬픔에 닿은 것이다 비늘은 딱딱해서 손끝을 베었고

그날, 길고 가는 초록 뱀이 독니 박힌 턱을 내밀고 재빠르게 질러가던 마당 한끝에 놀이 붉더니, 나는 어지럽더니, 그만 네가 물렸다 했다

죽음과 어둠의 사잇골 아래에, 슬픔이 비늘 되어 자라는 더 아래로 방울져서 듣는 독이 있다 손 디밀고, 손바닥 펴서, 찬 한 방울을 받아든다

언제나 며칠이 남아 있다

멀리까지 걸어가거나 멀리서 걸어 돌아오는 일이 모두 혼 맑아지는 일인 것을 늦게 알았다 돌아와서 모과나무 아래를 오래 들여다본 이유다 그늘 밑바닥까지 빛 비치는 며칠이 남아 있었고

둥근 해와 둥근 달과 둥근 모과의 둥근 그림자들이 밟히는 며칠이 또 남아 있었고

잎 시는 어느 날은 모과나무를 올려다보며 나의 사소한 걱정에 대하여 물었으나

대답을 기다리지 않았다 아직 남은 며칠이 지나가야 겨우 모과나무는 내가 무엇을 물었는지 알아차릴 것이므로, 그때는 모과나무 가지에 허옇게 서리꽃 피고 나는 길을 떠나 걷고 있을 것이므로

치운 바람이 쓸고 지나간 며칠 뒤에는 걱정 말끔히 잊고 내가 혼 맑아져서 돌아온다 해도

모과 꽃 피었다 지고 해와 달과 모과알들이 둥글어지는 며칠이 또 남아 있을 것이고, 어느 날은 내가 잎 지는 모과나무 아래로 걸어가서 사소한 걱정에 대하여 또 물을 것이니……

혼잣말

나는 더디고 햇살은 빨랐으므로 몇 해째나 가을은 나보다 먼저 저물었다

땅거미를 덮으며 어둠이 쌓이고 사람들은 돌아가 불을 켜서 내걸 무렵 늦게 닿아서 두리번거리다 깜깜해지던

그렇게 깜깜해진 여러 해 뒤이므로

저문 길에 잠깐 젖던 가는 빗발과 젖은 흙을 베고 눕던 지푸라기 몇 낱과 가지 끝에서 빛나던 고추색 놀빛과 들녘 끝으로 끌려가던 물소리까지, 그것들은 지금쯤 어디에 모여 있겠는가

그것들 아니고 무엇이 하늘의 푸른빛을 차고 깊게 하겠는가

하늘 아래로 걸어가는 길이 조용하다

사람의 걸음걸이로 여기까지 걸어왔구나, 더디게 오래 걸어서 이제야 닿는구나, 목소리를 낮추어 혼잣말하듯이,

과수원

손가락들을 씻어서 겨드랑이에 묻었다 겨드랑이 밑에서 풀벌레들이 우는 무렵이다

낙과들이 밟히고 발 딛는 소리가 모퉁이를 돌아간다 돌면, 모퉁이 뒤는 또 모퉁이다

하늘 밑이 거뭇하다 눈물 그득한 눈으로 눈물 그득한 눈을 들여다보던 늦은 시간에

눈 감았다가, 지금 뜨자, 감쪽같이 혼자가 되었다 떠난 사람은 어느새 발등이 식겠다

저녁 안개는 푸르고 안개 젖은 나뭇가지 너머에서 이른 달이 떠오르는 그 시간이다

오래전부터 듣고 싶은 말이 있다 달빛과 사람의 사이 등燈거리에다 램프를 켜 건다

수화手話

그해의 겨울은 추었다 지붕 밑과 계단에 눈 묻은 발자국이 찍혀 있었다

불빛에 반사된 밤하늘 여기저기로 눈은 아직 내려 쌓이고 눈더미보다 희게 무겁게 적막이 쌓였다

갈 곳이 없었다 내가 아는 몇 사람은 눈에 파묻혔다 다시는 보이지 않았다

여자가 나를 향해 돌아섰다 가슴 아래에다 두 손을 포개 모은 다음에 손가락들을 반쯤 굽힌 오른손 손바닥을 위로 받쳐 올리고는 천천히 좌우로 저었다(아프다), 한 번 더(아프다), 또 한 번(아프다), 꽃잎 날리듯 눈 조각들이 날렸다

문득, 여자의 손바닥이 날개 접듯 접히었다가 파닥이더니 하얀 나비 한 마리 환하게 비치는 불빛 속으로, 눈발 속으로 날아갔다 눈이 그쳤다

그 뒤로 내 생애에는 눈이 내리지 않았다

해동기

기러기 몇 마리가 한 줄로 날아서 임진강을 내려왔다

기러기들의 아랫배가 강바닥에 스치고 닿았다 강바닥에서 얼음 부서지는 소리가 났다

놀들고 전신이 물들자 여자는 말없이 누워주었다
훌훌 벗더니 제 몸 위로 강을 끌어올리고는 얄따랗게, 말갛게, 유리판같이 얼었다
여자는 가린 것 없이 들여다보였지만
어떡할까,
나는
망설이다 말았다
내가 다 벗고, 맨살로, 놀빛 비낀 겨울강의 얼음판 위에 엎드릴 것인가

강이 녹고 여자도 녹아서 흠뻑 젖을 무렵 햇살 환한 날 다시 찾아가서, 무겁고 울퉁불퉁한 내 몸을 보여주고

한 번 더 누워주겠냐고 물어보려 한다

진달래

해의 광구光球 온도는 6000℃ 안팎, 사람에게 닿으면 36℃ 안팎이 된다 이빨들이 맞부딪치는 한기가 되었다가 손바닥으로 덮으면 따뜻해지는 관계다

지표면에 닿은 햇살은 0℃ 안팎이 된다 얼거나 녹거나 진창이 되었다가 마르면 발등이 따뜻해지는 관계다

어제부터는 날씨가 풀리는가 했더니 땅과 사람이 골고루 따뜻하다 따뜻한 것들의 관계가 한눈에 들어오는, 저기에는 반드시 진달래가 피어 있다

백목련꽃

그걸 알아보라 했다 꽃이 피기는 필 것인지를, 꽃 피는 날은 날이 개고 하늘이 훨씬 가까울 것인지를, 그런 하늘에라야 꼭 꽃이 피는지를,

장지에 눌린 창호지가 툭, 툭, 뚫리듯

머리 위 여기저기서 하늘이 뚫린다 불쑥, 불쑥, 꽃봉오리들이 목을 빼 내민다 가득하게 한 입씩 햇살을 베어 문다

이를테면 지금 백목련꽃이 피었다 하늘은 파랗고 저렇게 꽃이 희다

탐진강 1

나 말고도 투신한 사람이 있다. 벼랑 밑 깊어진 물속이
퍼렇게 멍들어 있다.

탐진강 8

읍에 내려와서 강 가까이 방을 정하면 늘 그랬듯이 밤잠을 또 못 잤다 기온이 빠르게 식어가는 강변에서는 돌멩이들이 귀를 묻고 누워서 강줄기가 굳어지며 어는 소리를 듣고 있었고, 추위를 못 견딘 조약돌들은 달그락거리며 강바닥을 옮겨 다녔는데, 강으로 돌아오는 사람은 누구나 조약돌 몇 개쯤은 간직하고 있는 법, 나도 불을 끄고 누워서 내가 길들인 조약돌들이 유리창에 끼는 성에를 긁으며 창밖을 기웃거리거나 방 안을 서성대느라 달그락대는 소리를 듣고 있었다

그러고는 겨울이 깊었으므로 사람들은 거처 안에 머물고 조약돌을 띄울 강물도 얼었으나 찾아가면 아무 때나 이 겨울의 강에는 눈이 내린다

탐진강 13

깊어진 것이 무엇인가
헤아려보아야 고작
속내거나 골이거나 주름살이거나
아니면
그리 아픈 그리움일 것인데

장흥읍에 가서 보았다
깊어진 사람이면 똑같이
들여다보며 사는 것
사람들은 하나씩
강을 기르고 있었다

탐진강 21

또 그는 떠나겠다 하고 나는 그의 어깨에 걸었던 팔을
내린다
오직
강이 남는다
누구인지 물 건너에 서 있어서 손 치켜들며 소리쳐 어
이, 부르면 손 마주 치켜들며 소리쳐 어이, 대답하는
그
강,

탐진강 30

저 사람이 여기에는 없는 사람의 이름을 부른다. 혹시 나의 이름이었을, 혹은 오래 전에 잊히었을 누구의 이름을 또 부른다. 내가 내 이름을 잊은 첫날부터 누구도 나의 이름을 부르지 않는 뒷날까지, 또는 내가 누구의 이름도 부르지 않은 오늘까지, 나는 목이 메고 애처로웠다. 눈물보다 먼 데에 손 뻗치어 저기에 묻힌 이름자의 자획들을 집어 들 수 있는지⋯⋯ 입 막고, 손가락 꺾어서 적는다. 차마 내가 이름을 부르지 못하는, 귀먹은 강이 있다.

탐진강 45

  가리킨다, 얼마나 먼 어디를 바라보는 눈길이 거기에 닿아서 음악이 되는가, 하고

  먼 거기보다 더 먼 어디에 가닿는 음악이라야 긴 강을 길이 흐르게 하는가, 하고

  그 강이 멀고 외진 땅을 흘러가는 때에 음악은 느리게 흐르고 조용히 저무는가, 하고

  그중 낮은 땅을 적시며 흐르는 음악이 다 어둔 하늘 아래로 흘러가는 저 강인가, 하고

  마지막에 기다리는 사람이 저리 먼 거기에 있어서 비로소 닿은 강에다 두 손 담그고

  마침내, 가장 낮은 음악보다 더 오래 우는 속울음을 울고 있는가, 하고…… 가리킨다

북한강

밤사이에 언 얼음바닥에 물비늘 여러 점이 얼어붙었다 반짝거린다

자갈밭 돌 틈새기에 끼인 눈 조각 하나 집어서 든다 금 갔고 말랐다

발부리에 차인 주먹돌은 까맣고 반들하고 멎은 강은 하순에 풀리고

겨울을 나는 물고기는 깊은 물 밑에 가라앉아 두 눈 뜨고 기다린다

얼음장 아래 살얼은 강심에는 맑고 환한 물줄기 하나 자라고 있는,

석모도

    마침내 서쪽에 닿아 비 내리는 서해를 본다 개펄에서 칠게의 굽은 발이 젖고 있다

    빗줄기가 내 안으로 들이친다 뼈다귀를 때리며 빗방울들 튀고 몸 안 곳곳에 웅덩이가 고였다

    누군가 철벅대며 등줄기를 밟고 간다

    등덜미가 젖던, 춥던 한 사람을 생각한다 여기까지 걸어왔는가 또 걸을 것인가 걱정한다

    척척해져서 섬이 웅크리고, 저문다 건너가지 못한 바다에는 아직 비다

강진만

물비늘 하얗게 깔린 앞바다를 배경으로 해안도로를 달리는 자전거의 바퀴살이 반짝거리며 지나가는

가로수와 가로수의 사이 행과 행의 사이 다음 행 사이로 줄지어 늘어선 행간들이 한 칸씩 저물다가

문득 시야 밖으로 꺾인다 하늘 아래에 저 갯바닥에 갯물이 꽉 찼다

하늘의 그늘이 느릿느릿 내리는 것, 어슬어슬 어스름 깔리는 것, 물낯에 거뭇거뭇 기미 돋는 것, 본다

걷는 길이 날마다 몇 리가 남아 있곤, 발뒤꿈치가 헤져서 뼈가 드러나곤

발톱이 또 빠졌다 집어내고, 참 멀리까지 왔구나, 강진만이 어두워지는 때에

등 뒤쪽, 돌아보면 한참이나 먼 백련사 어림에서

삐이걱, 무릎을 펴고 일어선 사람이 삐걱거리며 마룻장 위를 걷고 있다

초승

    하룻밤씩 여러 밤이 차례로 깊어진 한 밤에 한 섬이 물에 떠서 흘러간 바다에 이르다

    몇 밤이 깊어진 다음 순서에서는 앞으로 넘어진 한 남자가 밤바다에 얼굴을 묻고 죽다

    하루 더 깊어진 다음 날 밤에는 젖은 발이 까만 한 여자가 울면서 걸어서 바다에 들다

폐역에서

열차는 오지 않았다 창유리는 없고 뼈대만 남은 창틀 너머로 빈들이 내다보인다

저기서 사는 새는 다리가 길고 한 발을 오래 들고 서서 발목이 가늘어지고 있다

창틀 아래에 기댄 긴 의자의 등받이에는 등을 기댔던 자국 하나 찍혀 있지 않다

나는 오래 기다렸으므로 겨우 버티고 서서 무릎에 찬물 이 고이는 오한을 견뎠다

그사이에 들 바닥에는 바람이 잦아들고 티끌은 가라앉 고 서리는 아침에 내렸고

낮에도 우는 귀뚜라미가 긴긴 더듬이를 누이고 잠에 든 대합실 어둑한 구석에서

손톱 밑이 까만 여자가 치마를 들어 올려서 가느다랗고 때 낀 발목을 보여준다

폐광촌

4학년 교실 뒷벽에 붙여놓은 그림이 그랬다 검은 물이 흐르는 내川를 검은색 크레용으로 칠했다

갱구 아래쪽 공지에 광촌이 있었다 폐타이어로 눌러놓은 지붕과 낮은 처마 아래가 검었다 더 아래 문턱은 캄캄했다

사람들은 눈자위도 낯가죽도 목덜미도 검었다 검은 손가락으로 막걸리 잔을 젓곤 했다

30년 선산부 김씨는 광대뼈와 콧날과 손바닥이 검다

땅속 4천2백미터 사갱의 끝, 무너진 막장에서 눈 감고 실려 나왔다 한 입 가득 탄을 물고 있었다 잇몸은 지금도 검다

파묻힌 동료는 거기서 죽었다

좌판 앞에 쪼그리고 앉아서 아까부터 돼지 껍데기를 씹

고 있는 김 씨는, 지금

　진폐증 말기다 목구멍에서 탄내가 난다 등가죽 위로 불
거진 등뼈가 검다

　폐포에 쌓인 탄가루를 쓸어내고, 섬유화폐조직과 결절
들을 들어내고, 공동만 남은 폐엽을 마저 들어내고

　가슴 한 구석에다 깜깜한 막장 하나 마련해뒀다 내일은
죽어서 거기에 묻힌다

　흙바람이 회오리를 말며 눈 앞을 질러가고, 눈썹에 달
라붙는 티끌 몇 점 떼어내고

　여기는 물이 맑구나, 황지*를 때렸다 검은 돌을 집어서
물 밑에 가라앉은 흰 돌을 때렸다

　* 潢池 : 낙동강 發源

빈 소리

양양의, 법수치法水峙로 더듬어 들어가는 골짝에 너와장
틈새로 하늘이 내다보이는
찻집이 있다
몸집 큰 개를 가리키며 물었더니 주인과 손님을 나누지
않는다 하고, 또 대답하기를
짖는 짓도 그만두었다 한다

개 짖는 소리마저 그친 골짝은
적막했을 것이다 이따금 쩌르렁 울었을 것이다 찬 이슬
이 내리고 젖어서 척척해졌다가는
어느새인지 마르곤 했을, 젖으면서 마르면서 조금씩 야
위는
골짝에
시름이 골 깊다 와서, 못 떠나고 머무는 이유다 약도 못
쓰고 며칠째 앓는다

개는 먼저 눈을 감았고
주둥이를 잠갔고
들을 일 없다, 귀를 덮었다

허리를 길게 늘여 땅바닥에 깔고는 앞발을 모아서 턱을
얹었다 그러고는 내내 조용하다

　갈참나무 몇 그루가 헐벗더니 마당에 가랑잎이 한 벌
깔린다 내다보며 찻잔을 비운 뒤에
　개에게로 걸어가서
　눈가죽을 연다 텅,
　눈 속이 비었다
　그동안 버려둔 주둥이 속과 귓속 사정은 또 어떨는지
　이빨들은 넘어져서 나뒹굴고 귀청은 찢겨서 널려 있
고…… 그렇게 휑하지 않겠는지

　뒷산 그림자가 처마 끝을 덮었다 설핏하게 햇살이 얇아
졌는데 주인은 사립 밖 멀리까지 길을 쓸고 있다

　양양의
　외지고 좁고 여러 번 막히더니 겨우 트인 골짝 안에, 길
을 가다 쉬다 그만 아랫몸을 부린 듯이
　한 찻집이 주저앉아 있다

앞 뒷산이 그늘을 겹쳐서 금방 어둡고 급하게 땅거미가
내려서 골바닥에 누운 굵은 돌들이 검어질 때에

굽으며 깊어지며 한 번 더 굽는 골짝을 따라 서너 구비
더 굽어 들어간 거기 어디쯤에서

컹,

컹,

개가 짖는가 싶다

위선환의
문학 연보

위선환의 문학 연보

1960년 제1회 용아문학상으로 등단했다. 등단 직후부터 전위시를 썼다. 당시로서는 시가 난해해서 소외되었다.

1969년 연말에 절필시「성.예양읍에서 시 끊기」를 쓰고 시를 끊었다.《1960년대에 쓴 시》13편이 남아 있다.

1970년 이후 30년간 공직에서 밥벌이를 했다.

1999년 시「사월」을 시작으로 다시 시를 쓰고, '탐진강 연작시'를 쓰기 시작했다.

2001년 시집『나무들이 강을 건너갔다』를 냈다.《현대시》9월호에「교외에서」외 2편을 발표하면서 작품 활동을 시작했다.

2003년 시집『눈 덮인 하늘에서 넘어지다』를 냈다. 평론가 오형엽은 "자연의 상징으로 거대한 숲을 이룬 위선환의 시는 핵심적인 이미지들의 의미 연관을 통해 그 변주와 순환을 거듭한다."고 썼다.

2007년 시집『새떼를 베끼다』를 냈다. 황현산 평론가는 "생각은 그

표현 형식을 다듬는 가운데 깊어지고, 얼개를 짓는 말들은 그 말과 함께 발견되었거나 발전하는 생각으로 그 세부가 충전된다. 말해야 할 것을 말이 결정짓고, 말의 편에서는 말해야 할 것의 힘으로 충만한 존재감을 얻는 필연적 계기가 그때 일어선다."고 썼다.

2008년 제9회 현대시작품상을 받았다.

2009년 제14회 현대시학작품상을 받았다.

2010년 시집 『두근거리다』를 냈다. 이미 시집 『새떼를 베끼다』를 리뷰하면서 '흔적'과 '틈새'의 시학을 말했던 평론가 최현식은 시집 『두근거리다』에 특화된 '스밈 혹은 번짐'의 시학에 집중하며 그것들의 방향성과 유동성의 내력 및 구조를 연대기적 방법으로 파악하고, 위선환 시의 "'깊은 깊이'의 물은 어디로 스미고 번질 것인가?" 물었다.

2013년 연작시집 『탐진강』을 냈다. 위선환은 "1999년 5월에는 「탐진강 1」을, 2013년 4월에는 「탐진강 61」을 썼다. 시를 끊고 지낸 30년의 간극을 잇기까지, 그 15년은 길고 힘들었다."고 썼다.

2014년 시집 『수평을 가리키다』를 냈다. 평론가 정과리는 1960년대에 쓴 위선환의 전위시를 분석하면서 서정주, 유치환, 청록파, 김수영, 신동엽, 김춘수 등 시인들의 시와 비교하며 '다르다'고 말하고, "무엇보다도 독자를 놀라게 하는 건 그의 시의 최초의 시적 현상이 오늘의 시에서 거의 똑같이 되풀이되고 있다는 사실이다."라고 썼다. 이어서 시집『새떼를 베끼다』이후에 쓴 시집의 시들을 섭렵하면서 위선환의 시를 "수직의 시"와 "수평의 시"로 크게 나누어 궁구하고, 시집『수평을 가리키다』에서 발현하는 "수액성의 의미"를 한 번 더 되짚었다. 또한 마무리하는 말로서 "최초의 시적 현상을 간직한 채로 끊임없이 그 의미 구성을 바꾸어 온 위선환 시의 시적 과정은/ 한계 돌파로서의 거듭된 변신의 과정이었다."라고 썼다.

한편 평론가 이찬은《1960년대에 쓴 시》13편을 집중해서 분석했다. 마지막에 쓴 절필시「성.예양읍에서 시 끊기」에 대하여 "다소 개괄적인 추상화를 무릅쓰자면, '관념시(랜섬이 말한 platonic poetry)'에서 '사물시'로 이동했던 그의 시적 여정 전체를 축약하고 있는 가장 넓고 깊은 주름이자 단자(monad)라고 명명할 수 있을 것이다."라고 의미부여를 했다.

2019년 시집『시작하는 빛』을 냈다. 시인이자 평론가인 권혁웅은 "잘 알려진 바, 위선환 시인이 다시 시를 쓰기까지 30년이 걸렸던 것은 어쩌면 시적 허용-정확히는 시적 자유-을 한국어에서 보편 문법의 일부로 재도입하는 데 걸린 시간이었을지도 모른다."라고 말하면서 위선환 시의 언어와 그 문법을 정밀하게 살피고, "뼈와 물, 둘은 이합하고 집산하며 위선환의 시세계를 관통한다."고 썼다. 또한 마무리하는 말로서 "시인은 이번 시집에 이르러 드디어 새로운 존재론을 기술할 수 있는 주어와 술어를 확보한 것으로 보인다."고 쓰고, "위선환의 시가 다다른 깊이가 우리 시의 깊이라고 말할 수 있다."고 썼다.

제34회 이상화시인상을 받았다.

같은 해에 시집 『나무들이 강을 건너갔다』와 『눈 덮인 하늘에서 넘어지다』를 합본한 시집 『나무 뒤에 기대면 어두워진다』를 냈다.

2022년 『순례의 해』, 『대지의 노래』, 『시편』 등 세 권의 신작 시집을 한 책으로 묶어서 간행한 『위선환 시집』을 냈다. 위선환은 시의 중요한 주제로서 사람의 언어, 사람의 시작과 끝, 사람의 지금과 여기, 사람의 터인 대지, 사람으로서 산 자의 죽음과 죽은 자의 그다음, 사람의 구원, 신 등을 제시했다.

평론가 조강석은 위선환 시의 시법에 치중하여, 풍경을 분절하는 시들의 긴장관계에 대하여 먼저 말하고, 이 시집의 시들에서 "긴장관계로서의 풍경과 특이성"을 적시했으며, 그것들을 드러내는 "용언 형태의 시어"로서 '사이의 계책'과 '기울다'와 '남다'와 '구부리다' 등을 예시하는 등, 자세하게 분석했다.

『위선환 시집』 간행에 대비하여 시 에세이집 『비늘들』을 냈다. 이 책에 실린 글들은 위선환이 시의 곁자리에다 메모해 버릇했던 시론이기도, 시적 사유이기도, 시의 궤적이기도 하다.

2023년 시선집 『서정시선』을 냈다. 시인이자 평론가인 정끝별은 위선환의 시를 최하림, 오규원의 시와 비교하며, '현상-풍경시'라 했다.

달아실에서 펴낸 위선환의 시집

나무 뒤에 기대면 어두워진다(2019)

위선환 시집

서정시선

1판 1쇄 발행	2023년 3월 10일
지은이	위선환
발행인	윤미소
발행처	(주)달아실출판사
책임편집	박제영
디자인	전형근
법률자문	김용진
주소	강원도 춘천시 춘천로 257, 2층
전화	033-241-7661
팩스	033-241-7662
이메일	dalasilmoongo@naver.com
출판등록	2016년 12월 30일 제494호

ⓒ 위선환, 2023
ISBN 979-11-91668-66-7 03810